새벽에 오는 비

새벽에 오는 비

신동근 시집

인쇄일 | 2024년 11월 25일
발행일 | 2024년 11월 28일

지은이 | 신동근
펴낸이 | 김영빈
펴낸곳 | 도서출판 시아북(詩芽Book)

출판등록 | 2018년 3월 30일
주소 | 대전광역시 동구 선화로214번길 21(3F)
전화 | (042) 254-9966
팩스 | (042) 221-3545
E-mail | siab9966@daum.net

값 12,000원

ISBN 979-11-94392-17-0(03810)

* 이 책은 2024년도 충청남도, 충남문화관광재단 의 창작지원금을
  지원받아 제작되었습니다.

새벽에 오는 비

신동근 시집

시인의 말

가을이 익어간다. 술이 익듯이 성숙의 열매는 아름답다. 지난여름은 가혹했고 견디기 힘들었다. 하지만 평온한 오늘 아침 들판에는 곡식이 가득하다. 이 땅의 모든 생명을 위하여 엄숙한 대지가 내린 선물이다. 생명은 서로 조화를 통하여 열매를 키웠고 하찮은 존재들도 모두 이 사건에 기여했다. 그들에게도 지분이 있음은 물론이다.

1600여 년 전 구마라습은 타클라마칸 사막을 건너 장안으로 압송되어 온다. 오아시스 국가 쿠차에서 멀고 먼 흙먼지 길을 걸었을 것이다. 그는 왕자의 신분이었지만 권력투쟁의 허망함과 잔인함을 피하고자 출가하였다. 하지만 운명은 그에게 인도의 산스크리트 경전을 중국어로 번역하는 일을 시켰다. 그는 중국어를 새로 배워 죽을 때까지 300권이 넘는 불경을 번역하였다. 금강경을 비롯한 많은 경전이 원본보다 더 시적으로 번역되었다. 순간이나 극락은 나습의 창조어다. 이해하기 어려운 범어를 간략하게 시적으로 표현하였다. 그의 번역은 단순 번역이 아니라 의미의 재창조였다. 색즉시공 공즉시색. 물질은 공이요 공에서 에너지가 나온다. 오늘날 과학의 이론과도 딱 들어맞는다. 그는 곧 사라져야 할 인간 존재에게 깊은 지혜를 선사한 현자였다.

80년대 초 난 20대였다. 칼 세이건이 지은「코스모스」를 읽고 또 읽었다. 밤을 새워도 전율이 가시지 않았다. 그 후 내 도서 목록의 앞은 늘 과학책이다.

우주 망원경 제임스웹은 계속 새로운 우주 사진을 지구로 보내온다. 이전의 허블 망원경보다 훨씬 해상도가 높다. 사진 속에서 무수한 은하가 명멸하고 있다. 우주 시원으로 짐작되는 사진이 계속 발견되고 있다. 우주의 탄생과 죽음에 관하여 안다는 것은 아주 행복한 일이다..

물가의 풀 한 포기 구름 한 조각, 하찮은 생명이라도 거대한 지구 속에서 자기의 영역을 지키면서 살아가고 있다. 그런 존재들에 경의를 보낸다. '시는 작은 것에 대한 헌사'라는 故 오탁번 시인의 말에 전적으로 공감한다.

인간만이 이 지구의 주인은 아니다. 온생명을 주장하는 학자는 생명은 서로 연결되어 있다고 한다. 인간만이 이 지구를 살아갈 수는 없다. 생물 다양성이 줄어들면 결국 언젠가는 인간도 멸종할 수밖에 없다고 한다. 인간의 세포 속에는 미토콘드리아가 있다. 인간의 세포 속에서 에너지를 내고 별도의 DNA를 가지고 있다. 흥미롭게도 여성에게만 전해지는 미토콘드리아DNA를 분석해보니 유럽인의 대모는 7~8명의 여성이었다는 연구 결과가 나왔다. 아프리카에서 이주한 그 여성들이 유럽인

의 선조다. 미토콘드리아는 아주 오래전 외부에 있던 미토콘드
아 세포가 인간의 몸속으로 들어와 공존하고 있음이 밝혀졌다.
참으로 놀라운 일이다.

과학은 지구와 우주의 근원을 밝힐 뿐만 아니라 생명이나 지
구를 대하는 태도에 영향을 미친다. 인간 위주의 인식은 이제
버려야 한다. 1920년대부터 탄생한 양자역학은 아인슈타인의
정적 우주론에 반기를 들었다. 아인슈타인은 우주는 신이 조화
롭게 설계한 대로 움직인다고 보았다. 그러나 양자역학의 핵심
은 불확실성에 기반하고 있다. 물질을 구성하는 입자는 확률에
의해서만 움직인다는 것이다. 아인슈타인도 신의 계획을 부정
하는 이와 같은 확률론을 부정하였지만 결국에는 자신의 오류
를 인정할 수밖에 없었다.

우주와 인간 존재의 유한성이 증명되었지만 우리는 명멸하
는 불빛을 내는 별들에 경의를 표하고 벗들과 차 한잔을 나누
어야 한다. 주위의 생명을 아끼고 보살펴야 한다.

'알면 사랑한다' 최재천 교수의 말씀이다.

젊은 날 세상을 하직한 박인환 시인의 '세월이 가면'을 혼자
읊조린다. 깊은 가을의 애상이 더 진하게 다가온다.

2024년 11월

신동근

2부

색즉시공 공즉시색色即是空 空即是色

3부

코스모스(COSMOS)

5부

아내에게

6부
웅천강

산문적 진술과 시적 함축 사이, 경이와 감사의 삶
윤성희(문학평론가)

새벽에 오는 비

신동근 시집

1부

사랑한다면

마당

싸리비로 잘 쓸어 놓은
마당은 비어 있다
낮에는 구름이
그림자를 내려놓기도 하고
밤에는 무수한 별빛이 내렸다
온갖 것들이 잠이 든 하늘에서
위안처럼 촉촉하게 이슬도 내리고
때론 질타의 서리도 하얗게 내렸다

비어있는 마당
미움도 아쉬움도 안개처럼 머물다가
새벽이면 은하수로 간다
비어있는 저 마당은
누구도 오래 머물 수는 없다
거긴 이미 말로 낼 수 없는
그 무언가가 가득하다

가을 수변에서

물가의 자잘한 들꽃들이
작은 몸을 흔들며 나를 부른다
맑고 깊은 가을 하늘이
물속에서 나를 부른다
거기 흰 구름 지나고
무한 천공 알 수 없는 얼굴도
엄숙한 눈짓을 보낸다
깊게 익어가는 향기로운 늙은 잎사귀
누구보다 공정하게 자라
고개를 숙인 벼 이삭
욕심을 버린 이들이 아름답다
서로 부르고 대답하는 조화로운 합창
목숨이 다하는 이도
생명의 샘으로 새로 태어나는 생명도
이 가을은 합창 속으로 녹아 들어간다

기적

오늘 아침
일어나서 당신을 보는 것은
기적 중의 기적입니다.
눈을 뜨고 일어나 걷는 아침은
지구가 자전하는 것만큼이나
내게는 엄청난 사건
당신이 내게 말을 거는 아침은
그 어떤 선물보다 귀합니다
아침 이슬처럼 남기지 못한다 해도
그대 해맑은 웃음
기적처럼 내게 왔음이니
사랑하리라
내게 온 이 모든 것들의 아름다움을

사랑한다면

그대 슬퍼하지 마라
뜻대로 되지 않았다고 울지마라
거친 들판 여기저기 작은 풀꽃들도
바람에 몸을 맡기며 그대를 열렬히 사랑하지 않는가
작은 몸뚱이에 달린 가녀린 꽃들은
금방이라도 바람에 날아가 버릴지도 모른다
그런데도 그들은 아무 원망도 하지 않는다
키 작은 풀꽃이나 못생긴 꽃이라 해도
바람이 불면 일제히 일어나 춤을 춘다
그대, 소중한 그대
한 번뿐인 이 들녘 한구석의 삶일지라도
원망과 한숨은 버려라
그대의 운명을 열렬히 사랑하고 개척하라
그대에게 주어진 어떤 것도 아름답지 않은 것이 없고
누추한 삶이라 할지라도 그 어떤 것보다 소중하다

난 그 방에 머물고 싶다
사랑한다면
스무 살의 찬란한 아침처럼
내 삶이 빛나는 그 방에

새벽에 오는 비

오랜 불볕더위에 지쳐 잠들어 있는 새벽
창밖에서 후드득후드득
빗방울이 대지를 두드리는 소리를 듣는다
어제까지 마른 땅들은 불탔었고
살아 있는 모든 것들은 신음했다
오늘 새벽 잠자리에서 듣는
이 빗소리는 천국의 종소리다
생명 있는 것들은 몸을 떨고 있다

기적의 빗방울은
내 생애 고단했던 추억들을 모두 불러왔고
사이사이 슬픔의 껍질들을 날려 버리고
반짝이는 순은의 촛대로 바꾸어 놓았다
고마워라 빗방울들이여
대지에 울리는 빗소리들은
라흐마니노프의 피아노 협주곡 2번처럼
아픈 생애의 심장을 흔들어 깨우는구나
지상에서 곧 사라져야 할 생명 있는 것들아
오늘만큼은 힘차게 돋아나는 새싹이 되어라

수변 水邊

새벽을 여는 수변은 수상하다
누군가 없는 듯 있는 듯
속삭인다
수런거린다
누군가 얼굴을 깨끗이 닦고 있다
진주 구슬을 달기도 하고
이쁜 브로치를 달기도 한다

어둠이 아직 머무는 동안
깜짝 놀라는 신부처럼
새벽 수변은 부끄럽다
조용하고 고요하지만
모두가 바쁘고 어제와는 다른 모습이다
삶이 어렵지만
여기서는 욕심 없는 아기의 얼굴로
조금만 단장하면
모두가 천국이 된다

물그릇에 우주가

가끔 들고양이들이 살금살금 왔다 가는
풀이 제멋대로 자리를 차지한 옛집 마당 한 귀퉁이
플라스틱 물 함박이 늘 하늘을 바라보고 있다
어느덧 거기 자빠져 일어날 줄 모른다
나 몰래 빗방울도 내리고 은하수 별들이 쏟아져 내렸다
언제부턴가 누군가 들어와 살기 시작했다
첨엔 개구리밥이 어디서 왔는지 하나둘 새끼를 치더니
꼬물꼬물 잽싸게 꼬리를 치는 녀석들도 왔다
소금쟁이 올챙이 장구벌레 물땅땅이
많은 식구가 북적이는 아흔아홉 칸 집이 되었다
가끔 흙 묻은 손을 씻었을 뿐 난 아무것도 한 게 없다
별이 뜨는 밤에 그것들이 와서
가뭄으로 불타는 마당 가에 수변 천국을 세웠다
누구의 뜻대로인지는 모르지만
살고자 하는 이들의 세상대로 가고 있음을 본다

십일월

늦가을의 이른 아침은 옅은 안개가 덮는다
나무들은 진한 회한처럼 숨을 고른다
이미 되돌아가기에 늦어버린 강물도
적멸이 쌓인 깊은 수심으로 간다
생과 사의 무게를 싣고 날아드는 겨울 철새들
수변에는 막바지 생을 꽃피우는 자잘한 들꽃들
언제나 그랬지만 이번 생은 치열했다
돌아보면 모두 어딘가로 바삐 달려가기만 했다

주름살로 뒤덮인 얼굴들이 개미처럼 들을 밟는다
봄날의 주체할 수 없었던 생명력이나
억센 비바람을 맞으며 견뎌온 밤들을 함께 거둔다
주름살의 깊은 골을 흘러간 땀방울들이 논바닥에 스민다
단풍이 혼자 곱게 물든 건 아니다
내가 치열하지 않으면 누구를 사랑할 수 있단 말인가
굽은 허리 위로 겨울 새들이 멀리서 날아온다
늦가을 물가에 마지막 꽃을 피우는 눈물겨운 풀꽃들
찬 서리 내린 아침은 꿈을 꾸며 승천한다

오서산 청라 언덕

청라 저수지 위쪽으로 한참 가면 언덕이 있다
미끈하게 내려오는 오서산 자락
어느 수도승이 앉아 쉬며 꿈을 꾸었을
내리막이 여기저기 순둥이처럼 엎드려 있는
청라 언덕 그 언덕을 씻기고 곱게 고인 청라지

고요의 물살을 밀어낸 오서산 기슭
계곡물이 급히 하얗게 부서지다가도
유유하게 유장하게 선비의 걸음으로 걸어서
결국은 기름진 들을 적시고 대해로 간다

이 땅의 배고픈 백성들 창자를 가라앉히고
선비들의 글 읽는 소리를 높게 키웠다
식구들이 방안에 오순도순 모여 밥상을 받는 날
마당에는 까치도 오고 까마귀도 온다

장현리 풍경

이월에 비가 많이 내렸다
오서산 자락 장현리에는 아늑한 고요가 자고 있다
아직 봄이 오지 않았지만
이미 눈치를 챈 마을 어귀 길가에
아기 유치처럼 쑥이 돋아나고 있다
여기 경로당 현관에는 털신들이 놓여있고
그들을 키웠던 먼저 간 이들의 시선이
먼 산에서 오고 있다

머지않아 진달래도 피고
마음은 처녀 가슴처럼 부풀어 오를 것이지만
아이들이 없는 마을
슬프지 않은 울음들이
울려오지 않는 쓸쓸함이 눈물겹다

사십여 년을 아이들과 함께 보낸 세월에 감사한다
그들을 좀 더 사랑하지 못했던
내 죄를 용서해다오

아이들이 없는 이 막막함을 견딜 수가 없구나
아이들과 함께한 나의 지난날에 감사한다

* 보령시 청소면 장현리
  오서산 기슭 마을, 장현초등학교는 폐교되었음.

통늠

감은 통늠으로 먹어 봤어도
땅바닥에 떨어진 모과는 통늠으로 먹어봤어도
사각사각한 사과는 통늠으로 먹어 보지 못했었다
집집마다 마당가를 지키며 고추에서 내리는
찝찌름한 오줌을 먹은 감이 하늘 저 멀리
빨갛게 익어오는 여름 한 철은 왜 그리 긴지 몰랐다
시제나 제사를 지내고 옆집에서 보내온 시루떡
떡고물이 조금 묻어온 사과 반쪽 아니 반의반 쪽은
금방 혼자 먹을 수 있는 것이 아니었다
형제끼리 나누어서 생쥐 새끼들처럼 조금씩 갉아 먹었다
아주 조금씩 쪼아 대었다
금방 없어져서는 안 되었다
어린 것의 입안에 착 감기는 익은 감과는 다른
사각대며 달콤한 맛이 이국적이었다

우리는 언제 통늠을 먹을까 기다리고 기다렸다
통늠이 어느 틈에 내 옆에서 당연한 것으로 굴러다니게 되었다
심지어 자동차까지 통째로 굴리게 되었다
하지만 하늘엔 비도 오고 꽃도 통늠으로 피는 사이
아주 아주 먼 곳에 있을 것 같은 어느 위대한 분이

며칠째 눈이 내리고 추워
바깥만 훔쳐보던 날 통늠으로 잡수시려
기다리고 있음을 어렴풋이 보게 되었다

흙에서 산다

고희에 들어서 손자를 보고 있을 나이지만
밤낮으로 흙에서 산다
허리도 팔도 아프지만
모든 것을 분해하는 무서운 햇볕 아래
내 아픈 기억을 더듬으며 밭고랑을 종일 다닌다
사실 난 스스로 벌을 주고 있다
이랑 사이 엎드려 밭을 매던 어머니
어린것을 업고 녹두를 따던 어머니 생각에
발걸음을 멈춘다
어머니에게도 밭고랑 말고
꿈많은 처녀 시절이 있었음이어라
난 왜 어린 어머니의 마음을 헤아리지 못하고
앳된 어머니의 꿈을 조금이라도 물어보지 않았을까

이제는 세상에 없는 어머니를 향해
밭고랑에 대고 묻는다
어머니의 그 긴 시절을
고생스럽던 식구들의 먹세를 위한 땀들에 대하여
왜 고맙다 말하지 않았나
천 번 만 번 어머니에게 절해도 모자란 그 수고에 대하여

난 짜증으로 불만으로 어머니를 슬프게 했을까
가슴을 쥐어뜯고 싶다
생명이 생명으로 전해지는 기적 속에서
난 참 바보이고 못난이였다

이별하기 좋은 날

봄이 간다 봄날이 간다
흩날리는 꽃잎을 따라 어디론가 간다
맑고 고요한 오늘 아침
헤어지기엔 적당히 아름다운 날이다
널 만났던 날은 온 세상이 들썩였고
헤어지는 오늘은
나른한 슬픔이 길 위에 내리니
이별하기에 좋은 날이다

만나는 것도 헤어지는 것도
이렇게 적당히 연민의 앙금으로 가라앉는
좋은 세상은 다시는 없을지니
웃으며 헤어지자
헤어지는 것도 만남과 다를 것이 없다
꽃들아 잘 가거라

2부

색즉시공 공즉시색

色卽是空 空卽是色

색즉시공 공즉시색 色卽是空 空卽是色

그대 앞에 서 있다
천 육백 년 전의 아득히 오래전의 구도자여
먼 길을 돌아 난 그대 앞에 서 있다
그대가 걸어간 길을 비추었을 별빛이
지금도 빛나고 있다
구마라습이 아득히 걸어간 길
고대의 먼지 길을 난 편안하게 걸어왔다

색즉시공 공즉시색
현대의 풀이로는 물질은 에너지요 에너지는 곧 물질이다
우주의 비밀을 이렇게 간략하게 한마디로
정의한 이는 없었다
그렇다 먼지 길을 가는 이여
구마라습이여
우주의 엄청난 진실 앞에
난 한 마리의 날파리같이 떨고 있다

머지않아 사라질 존재들을 치열하게 사랑하라
셰익스피어는 소네트에서 이렇게 말했다

별이 빛나는 밤

별은 먼 곳에 있어도
밤에만 나와 춥고 배고픈 나의 서러움이나
어두운 밤길을 혼자 통학해야 했던 고단함을
다 알고 나를 걱정해 주는 줄 알았다
먼 곳에 있었지만 빛나는 별은
항상 내 마음을 수시로 들락거렸다
고요하거나 슬프지만 가라앉은 마음 구석에 있었다

1981년에 읽은 칼 세이건의 「코스모스」
표지의 빛나는 타원은하는 내 가슴을 뛰게 만들었다
중력 수소 핵융합 태양 중성자별 초신성 퀘이사 블랙홀
은하 우주의 탄생과 죽음
몸서리쳐질 만큼 거대하고 신비하였다
지금까지 알았던 어떤 종교보다 신비하였고
그 어떤 것보다 장대하였으며 강력하였다

이제 노년에 접어드는 지금
내 거실에서 보는 밤하늘에는
우리 은하가 길게 늘어져 있다
이론에 의하면 우리 은하가 포함된 국부은하군은

결국 합병되어 대규모 블랙홀로 재구성된다 한다
그 후에는 물론 우주의 종말이 오겠지만
우리 지구는 우리의 삶과 같이
잠깐 흩어져 있는 수없이 많은 혼돈 속에
피어 있는 들꽃과 같다

삼장법사의 눈물

가도 가도 발길에는 마른 흙과 자갈밖에 없습니다
목숨을 부지하고자 권력 쟁탈에서 피해 있어도
세상은 그를 그냥 놓아두지 않지요
사막을 건너는 그의 발길
목숨이 한 줌 먼지처럼 발길에 차입니다
색즉시공 공즉시색色卽是空 空卽是色
물질은 에너지이며 에너지는 곧 물질이다
세상의 그 어떤 말씀보다 간결하고 오묘합니다
긴 설명의 범어를 이렇게 재창조했습니다
구마라습 삼장법사 서역 쿠차 왕국의 왕자
그는 단순히 구도자를 넘어서서
중생의 고통을 위무하는 시인이자 현자입니다

이십일 세기의 과학은 그가 번역한 금강경 말씀을
과학적으로 증명해 주었습니다.
아인슈타인 방정식의 해 $E=Mc2$
양자 역학 양자역동 현상
진공은 아무것도 없는 듯하지만
이미 최첨단 과학은 진공 속에서 전자와 양전자가
매우 짧은 시간 동안 나타났다가 사라지는 묘한 현상을

발견했습니다.

진공묘유眞空妙有는 현대과학으로는 양자역동陽子逆動 현상으로

무에서 유가 생성되는 원리입니다

밤에는 은하수가 길게 여름밤을 가로 지릅니다

어느 순간 잠자리가 나타났다 사라집니다

벌판에서 바람에 흔들리는 들꽃 한 송이가

당신에게 진정으로 사랑이 뭐냐고 묻고 있습니다

* 구마라습 : 쿠마라지파 나습

낙엽

낙엽을 잠시라도 그대로 놓아두세요
이리저리 구르다가 부서져 흙이 될 몸이지만
아직은 그냥 바라보아 주세요
온몸을 다했지만 이제 절손을 당해야 합니다
벌벌 떠는 잎사귀들은 찬 바람을 안고
내려다보던 땅바닥으로 흩어져야 합니다

한동안만이라도 밟지 마세요
아직 바스락 소리도 낼 수 있고
거리를 굴러갈 수도 있습니다
종래에는 거름이나 벌레들의 먹이가 되겠지만
아직은 구름처럼 떠돌 수 있습니다
당신들은 언제 다른 이들의 생명을 위해
몸 바쳐 보았습니까
아직은 마른 몸이지만
봄이면 다시 오는 전령사가 될 겁니다

구마라습

푸른 눈의 승려 구마라지바(Kumarajiba, 鳩摩羅什)
나습 그를 생각한다
1600여 년 전 서역에서 후진으로 끌려온 왕자 구마라습
오아시스 나라 쿠차에서 중국으로 끌려 온 그
흙먼지 날리는 사막을 바라보며
300여 권의 경전 번역에 일생을 바친 그는 누구인가
고통 속의 중생에게 한줄기 등불
금강경 아미타경 반야경 유마경 등 300여 권의 경전 번역
산스크리트 원문보다 더 시적인 번역
색즉시공 공즉시색은 그의 것이다

우리는 극락이라는 말은 알지만
이 말을 지어낸 이가
나습인지는 잘 모른다
파계승인 그가 진실로 사랑했던 것은
흙먼지 속의 중생이었다

구마라습의 여정

왕자 나습의 걸음걸음 걸이에
흙먼지는 춤을 췄다
허망한 권력 다툼을 피해 살았지만
원하지 않는 권력에 잡혀
천리만리 이역으로 가고 있었다

권력이란 것은 흙먼지처럼
허망하다는 것을 알았지만
강렬한 햇볕과 목마름을 견디며
그가 해야만 하는 것들은
사막에 한 송이 들꽃을 피우는 것이었다
고단한 삶에 우물을 파 주는 일
300여 권의 번역 사업은
사막에 우물을 파 주는 일이었다
그 우물에 별빛이 비치고
있음과 없음이 둘이 아니며
삶과 죽음이 같은 것이라고
일깨우는 것이었다

신이여 어디로 가시나이까

아득히 먼 옛날에는 신이 하늘에 있었다
산이나 언덕 높은 곳에 올라 기도했다
세월이 가면서 불신이 스멀스멀 올라와
신을 애타게 찾았지만 신은 절대로 지상에 내려오지 않았다
신이 지상에 내려왔다면 사람들의 돌팔매를 맞았으리라
신이 떠날지도 몰라 불안해진 이들이
신을 붙잡아 두기로 했다
천장을 높게 지은 집 속에 가두거나
그림이라도 그려 모셨다
그래도 불안을 떨칠 수 없어 결국은
땅속에 묻어 놓기로 했다
이제야 맘이 놓였다
뭐니해도 땅이 최고라는 것이 증명되었다
신을 믿느냐 묻는다면
당연히 예라고 대답할 것이다
하지만 그 신이 주머니를 불려주지 않거나
죽은 다음 원하는 곳으로 보내 주지 않을 것 같으면
가차 없이 다른 신으로 바꿀 것이다
신이여 돈 신이여 지상에 내리소서
지상에 계셔야 저희가 보살펴 드릴 수 있습니다

쥐똥나무꽃

별빛도 근심을 걷고 빛난다
가을에 쥐똥 같은 까만 열매가 열린다
작은 잎 뒤에 수줍은 듯 흰 꽃
아찔한 향기에 넋이 나갈지도 모른다
봄이 비단결처럼 익어가는 밤
작은 것이 우주로 통하는 밤
이름을 떠난 그 향기가
힘든 이들을 극락에 보낸다
난 떨고 있다
이렇게 내밀하고 깊은 향이
이 세상에 있는 줄을

이별하기 좋은 날

봄이 간다 봄날이 간다
흩날리는 꽃잎을 따라 어디론가 간다
맑고 고요한 오늘 아침
헤어지기엔 적당히 아름다운 날이다
널 만났던 날은 온 세상이 들썩였고
헤어지는 오늘은
나른한 슬픔이 길 위에 내리니
이별하기에 좋은 날이다

만나는 것도 헤어지는 것도
이렇게 적당히 연민의 앙금으로 가라앉는
좋은 세상은 다시는 없을지니
웃으며 헤어지자
헤어지는 것도 만남과 다를 것이 없다
꽃들아 잘 가거라

콩밭에서

여름 가뭄에도 자잘한 보라색 꽃이 피었다
수줍은 듯 무성한 잎사귀 아래 숨었다.
팔월 염천에 잎사귀는 타들어 가도
보물단지처럼 콩알을 낳았다
콩알은 별 무리 같다
지금 자라고 있는 콩알은
은하 속에서 푸르게 탄생하는 별 무리다
밤하늘의 별 무리 콩알은
온갖 풀벌레 소리 바람을 품고
하루하루 그가 이루는 왕국
은하를 꾸미고 나아간다
우주가 보내는 무수한 별빛을 품에 안고
이슬을 머금는 오늘 밤
난 농부이기 전에
비밀의 문을 여는 소년이다

왜가리의 춤

회색 어린 왜가리가 논바닥을 이리저리 걸어 다닌다
긴 목을 들였다 내었다 한다
한순간 멈추다가 주둥이를 사정없이 내리쳐
무언가를 잡는다
대학 동기생인 의사 부인이 이 왜가리를
우아한 발레리나 같다고 했다
세상을 아름답고 우아하게 해석한다
난 그 왜가리가 하루를 치열하게 살고 있다 보았다
생존의 엄숙한 현장에서
여유 있게 생각하지 못하는 촌놈이다
논바닥에 발레는 없고
오로지 생존의 엄숙함 만을 들이대는
참 각박한 인생이다

강을 건너가신 어머니

어머니가 이승을 떠나신 날
손녀들은 어미의 핏덩이를 머리에 묻히고
세상에 나왔다
어머니도 눈을 감고 아기들도 눈을 감았지만
아기들은 바깥을 향해 울음을 보냈지만
어머니의 숨은 영원의 침묵 속으로 사라져 갔다
울지 않으리라 울지 말자 형제들이여
어머니는 낡고 헐어버린 매미 껍질을 벗고 좋은 곳으로 가셨다
이승에서 짊어졌던 무거운 짐을 벗어버리는데 왜 슬픈가
인연의 그물이 풀어져
어머니와 묶인 끈이 허공으로 날아갔다 해도 울지 말자
좋은 것만 기억하자
아픈 것도 봄날의 나비처럼 날아가게 두고
힘들었던 것은 겨울밤 함박눈처럼
시나브로 내려놓아야 하리라

새순 돋는 것처럼
어머니는 낡은 가랑잎을 떨구고
노오란 나비가 되어 햇빛 찬란한 봄날로 가셨다
어머니는 긴 세월을 함께 한 강을 이젠 건너가시고

우린 아직 강기슭에서 소꿉장난을 하며
하루하루를 보내고 있다.

울지 않기

나는 울지 않기로 했습니다.
속으로만 울기로 했습니다.
봄날의 여린 잎들이 거칠어져 종내는
누런 낙엽이 되어 떠나가더라도 울지 않기로 했습니다
머지않아 사라질 운명을 알고
치열하게 사랑했던 나무들을 떠나는 잎사귀들
무엇하나 아주 오래는 머물지 못하는 걸 알고 나서
나는 이쁜 꽃들이 지거나
사랑하는 이들이 떠나가도
더는 울지 않기로 했습니다
그러나 슬픔이 차올라 울컥거리는 걸 어쩌지는 못하겠지요
나를 버리고 그 무엇인가를 치열하게 사랑하는 한
지금의 얼굴 지금의 젊음이 사라지더라도
너무 슬퍼하지 않겠어요
그런데도 우는 것은
전지전능의 신도 할 수 없이 허락하겠지요

눈 오는 날의 기도

벗은 나무들이 편안하게 눈을 맞는다
주어진 오늘 하루 동안
온전히 공평하게 지상에 내린다
거짓도 진실도 다 덮어버리고
잠시나마 절대의 진실처럼 다가온다
우리들의 힘들었던 꿈들이
경이롭게 빛나던 청춘의 얼굴들이
다함 없는 기도의 군무群舞로 다가온다

유리창 밖 불빛에 눈발이 무수히 쓰러진다
눈들은 반짝이는 꿈으로 쌓여가고
난 나무의 침묵으로 잠든다
저녁 불빛이 있는 집을 찾아가는 것은
오랜 여행을 마친 수행자에게 내리는 무상의 선물이다
어둠을 밀어낸 자리에 남는 저 율동의 환희로
내일이면 모두가 아침 해를 향해 일어서리라

새벽에 오는 비

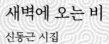

신동근 시집

3부

코스모스(COSMOS)

루시와 셀람

삼백 만 년 전 아프리카 에티오피아
인류의 조상이 살던 곳
세 살 먹은 유인원과 인류의 중간 단계 인물
진화의 중요한 연결 고리다
우리와 루시의 연결 고리를 밝혀냈다
놀라운 진화의 역사를 알게 되다니
우주와 인류의 역사를 알 수 있다는 것은
놀랍고 행복한 일이다
두려움에 떨며 고대의 선지자나 제사장에게
운명을 맡긴 조상들은 불쌍했다
우린 지금 어떤 누구보다도
엄청난 사실을 무상으로 알고 있다

우주의 비밀을 안다는 것은
우주의 역사에 동참한다는 것
세상의 어떤 선지자나 제사장도 몰랐던 비밀을
무상으로 알아간다는 사실에 눈물이 난다

지구과학

지구는 무서운 속도로 자전과 공전을 하고 있지만
인간은 느끼지 못한다
태양도 자전과 공전을 하면서 은하의 주위를 돈다
우리 은하 한 바퀴를 2억 5천만 년 동안 걸리면서 공전하고
있다
에베레스트는 한해에 5센티미터씩 솟아 오른다 한다
하나 거대한 폭우로 깎여나가 인도양으로 토사를 내뱉는다
오 천만년 전에 깊은 바다였던 곳이다
지금도 사천 미터 산 위에서 고생대 삼엽충의 화석이 발견
된다
고대의 심해 생물이 대명천지 강렬한 햇볕이 내리쬐는
눈부신 산정에 선명히 각인되어 있다
삼엽충은 오 천만년을 뛰어넘어 드높은 허공에서 얼굴을
내밀고 있다
고대 삼장법사 나습은
삶과 죽음이 다르지 않고
어제와 오늘이 다르지 않다 했다
번뇌시도장煩惱是道場 번뇌 속에 깨달음 있다
서역의 왕자 구마라습은 잡혀 와 수십 년을 불경을 번역
했다

황막한 사막에서 권력을 위해서 피는 뿌려지고
음모는 곰팡이처럼 피어나는 것을 진작 알고 있었다
색즉시공 공즉시색
E=MC2 아인슈타인
고대의 지혜와 현대의 과학이 일치하는 경이로움에
나는 몸을 떨며 산 아래를 보며 숨을 쉰다

주기율표

고등학교 화학 시간에 점잖은 화학 선생님이
주기율표를 무조건 외우라고 했다
하기 싫은 공부였다
왜 영어로 된 이름과 원소 이름과 계열을 외워야 하는지
이것이 자연 현상을 이해하는 데 얼마나 중요한지 설명이
없었다
오로지 입시를 위한 정답 맞추기 수업이었다
자연계의 물질을 구성하는 가장 기초적인 원소이며
이것들이 결합한 화합물이
지구와 우주를 구성한다는 설명이 있었으면
난 다른 길을 갔을지도 모른다
용어는 건조하지만
우주를 구성하고 변화를 일으키는 원소들과
화합물의 메커니즘을 아마추어적으로라도 알아간다는
것은
점쟁이보다 게임보다 재미있다
누가 시켜서는 안 하는 나이지만
죽기 전에 지구의 역사와 우주에 대하여
공부한다는 것은 그 어떤 것보다 종교적이다

오늘 아침 빗물이 넘쳐 범람하는 강물을 보며
세상의 기적을 보고 있음을 깨닫는다

안트로피

익어가는 벼를 쓰다듬는
누군가의 섬세한 손길을 느낀다
바람이 불고 냇물이 흐르는
새들이 날고 비가 와 주는 일에서
시간의 거대한 톱니가 돌아가는 것을 본다

오늘 아침 내게 온 햇빛
어제와는 다른 세상을 달려
헤아릴 수 없는 무수한 하늘과 골목길을 스쳐 왔다
이른 아침을 맞는 풀꽃들
누구도 다 풀지 못하는 수학 공식이 숨어있다
아주 조금 전으로도 다시는 되돌릴 수 없는 엄숙함
냇물을 헤엄치는 물고기의 여린 지느러미에서
한순간 한순간이 영원의 지층으로 쌓이는
온 우주의 슬픔을 본다

초신성

별 하나의 폭발이

은하 전체의 밝기보다 더 밝다

태양보다 열 배 이상 더 큰 별이 죽으면서 폭발한다

짧고 강렬한 폭발

우주를 뒤흔드는 사건

태양이 수소 핵융합으로 헬륨을 만든다면

엄청난 고온과 고압의 초신성 내부에서는

우리 몸을 구성하는 더 복잡한 원소가 탄생한다

별의 죽음에서 우리 몸의 재료가 탄생하는 것이다

죽음과 탄생은 둘이 아니다

죽어야 사는 것이 우주의 이치다

우주가 자신을 불태워 인간을 만든 기막힌 사건

오늘 밤도 아주 먼먼 어떤 별이

우리가 모르는 새로운 생명을 만들고 있으리라

코스모스

1981년은 칼 세이건과 만난 해다
시골 학교에 발령받아 스산한 봄날 만난
세이건의 우주과학 책 코스모스
두툼한 책을 읽고 또 읽었다
별 은하 태양 지구 광속 초신성 블랙홀 왜성
퀘이사 백조자리 생명의 탄생과 멸종
우주의 시원과 종말 암흑물질 암흑에너지
종교를 뛰어넘는 비현실적인 놀라운 사건
난 그 이후로 우주천문과학의 늪에 빠지게 되었다
그후 고등학교 때 멀리했던
물리 화학 생물을 다시 공부하고 있다
주기율표가 새롭게 보였다
현대의 비밀스러운 세상인
양자 역학에 발을 들여놓는 일은 전율이다
허블 우주망원경에 이은
160만 킬로미터 우주 공간에 쏘아올린
제임스웹 우주 망원경의 사진은
불가사의의 공간을 보여주고 있다

새벽

새벽 수변엔 바람이 눈을 뜬다
서늘한 안개가 고요를 안아본다
밤새 평온한 물이 새들을 재웠다
물풀들처럼 지난밤만은 걱정 없이
세상 걱정 없이 잠이 머물렀다
걱정하지 않아도 세상은 돌아간다
보이지 않는 저 고요의 원심력 속에
천변만화 수많은 생명들이 꿈꾸고
움직이고 살아간다
모두가 물에서 나와 물로 되돌아간다
아침 수변에 남은 발걸음 소리 들을
바람이 모두 쓸어가 버린다

살아보기

지금까지 살아있다는 것이 신기합니다.
숱하게 많은 죽음을 보았습니다
육친은 물론이고
가까운 이의 죽음도 믿기지 않지만 보아야 했습니다
미안하지만 내가 사 먹은 소나 돼지고기 닭고기도
그들에게는 심각한 죽음의 결과물이었지요
하지만 난 그들의 죽음은 생각지 않고
내 한 몸 아픈 곳을 위하여
이 약 저 약 처방받아 벌써 죽어도 이유 없을
시들은 몸뚱이를 잘도 굴리고 있습니다
남의 아픔에 바람처럼 고개를 돌리지만
내 작은 가시에는 비명을 지르는 그대여
언제 죽어도 이상하지 않은 세상이다
살아있음에 감사하라
남의 생명도 귀하게 하라
언젠가 통틀으로 거두어갈 그분은 어디선가
안타까운 눈길로 그대를 보고 있음이니

소리의 익음

들이 익어간다
여름을 보낸 새들의 지저귐과 공기의 흐름
범인에게는 감히 들리지 않는
지구가 돌아가는 어마어마한 소리
먼바다의 출렁거림
온갖 소리를 견뎌낸 곡식
시간도 함께 익어 출렁이는 향연

내 것이 아닌
온갖 것들의 아름다움은 눈물겹다

아직 주저하는 그대에게

바쁜 꿀벌은 슬퍼할 겨를이 없다
가진 것은 시간의 밧줄
저 시퍼런 강물을 건너기에는 부족할지도 모른다
그러나 젊은이여
삼백만 년 전 루시의 피가 흐르는
아프리카 메마른 열사를 지나온 족적을 보라
삶은 소중한 것
가다가 막히더라도 일단은 가보는 것
주저하지 말고 앞으로 가라
때로는 넘어지기도 할 것이지만
아기의 걸음마처럼 마침내 달릴 때가 올 것이니
엎어져 울다가도 다시 일어서라
세상 어디에도 한두 번에 이루는 것은 없으리니
평범한 물건에도 비범한 사연이 숨어 있는 법
그대를 단련하는 손길이 야속할 터이지만
너보다 소중한 것은 다시 없으리니
사랑하라 너 자신을

* 루시 : 아프리카 유인원과 현생 인류의 중간, 인류의 조상

어머니의 눈물

치매로 힘든 구십삼 세의 어머니
오랜만에 보는 아들의 손을 잡고
말없이 눈물을 흘렸다
둘이 앙상한 손을 잡고 한참을 울었다

주렁주렁 부처님 머리 모양의 수국이 환한 아침
삶은 왜 이리 쓸쓸하고 덧없을까
스물아홉의 새댁이 아들의 백일 사진 속에서
엷은 미소를 띠고 강보에 싸인 아기를 안고 있다
육십 년이 넘은 흑백 사진 위로
주르륵 눈물이 흘렀다
환갑을 훌쩍 넘긴 아들의 손을 잡고
어쩌다 정신이 돌아온 오늘
잡은 손 사이로 눈물은 흐르고 흘렀다

양자역학

오히려 살아있다는 게 이상하다고 한다
우주는 삶이 있는 만큼 죽음으로 가득하다
난 따스한 햇볕과 적당한 기온을 원하지만
꼭 그리되지는 않으리라는 것을 알고 있다
이 세상에 왔으니 그래도 살아봐야 할 거다
어릴 때는 몸을 청결하게 하며
젊을 때는 겸손의 지혜를 배우고
나이 들어서는 공정하게 처신하라 했다
5000여 년 전 수메르인의 점토판에 새겨진 말이다.
사람 사는 이치는 같은가 보다
앞날은 아무도 모른다
신만이 안다고 하여 신을 창조했다
양자역학은 우주의 미래는 불확실하다고 말한다
미래에 정해진 것은 아무것도 없다 한다
오로지 확률에 의해서 우주가 움직인다고 한다
신도 확률에 의해서 나타난다는 말인가 보다
어지러운 세상을 살기는 옛날이나 오늘이나 같다
하지만 점쟁이에게 의존하지 않고도
이제 엔간한 것을 해결하는 지혜를 얻었다

오래된 나무

오래된 나무에는 세월의 숨결이 스며있다
기억하지 못하는 한숨이나 비탄도 잠들어 있다
아기의 울음이나 새벽의 닭 울음소리
긴 밤을 흔들던 가열한 바람 소리
삶의 뿌리까지 흔들어 버리던 아픈 순간들이
나뭇잎보다 더 무수히 매달려 있다

오래된 나무에도 형언할 수 없이 예쁜 꽃이 핀다
꽃이 피기까지 설명할 수 없는 침묵들이 이어지고
인내와 슬픔, 평온의 나날들이
낙엽이 되어 땅에 떨어진다
삶은 견디는 것
오래 묵혀 아주 시거나 떫고 쓴맛을
마시면 취하는 무언가로 다시 빚는 것이다

새벽에 오는 비
신동근 시집

4부

살아보기

그대와 차 한잔

가을이 깊어 갑니다
갈대가 하얀 머리를 흔들고
바람이 어딘가로 바삐 달려갑니다
마음이 공연히 초조해집니다
이제 그대와 뜨거운 차를 한잔 나눠야겠습니다
낙엽이 힘없이 떨어지는 처연한 광경을
말없이 함께 바라보고 싶습니다
그대에게도 나에게도 함께한
청춘의 뜨거운 한낮이 가고 있음을 알고 있습니다
우린 시들어가는 한 송이 꽃을 바라보면서
그의 아름다움을 깊이 기억해야 합니다
영원한 현재는 없으며
지나가 버린 과거도 없습니다
지난 아름다움까지
사랑할 수 있어야 합니다

나무

나무가 거기 있어 나는 행복하다
나무가 말없이 거기 서 있어
난 편안하다
나무가 어린 새잎을 내고
아침에도 이슬을 머금고 있어
남은 생도 난 살고 싶다

나무가 다른 생명이라고 생각해 보지 않았다
나무는 항상 내 편이라고 생각했다
나무는 항상 시련을 이겨내고
절망도 낙엽처럼
던져 버리리라 의심하지 않았다
나무가 살아있는 동안
난 별들과 더불어
캄캄한 하늘의 비밀도 알아가며
주어진 내 생애를 물길처럼 살아가겠다
어린 시절 냇가에 물방앗간을 짓고
소꿉놀이하듯이

내 창가에 온 손님

강아지들은 나만 보면 꼬리치고 좋아 죽는다
순간순간 열렬히 안기고 꼬리를 흔들며
핥아대고 숨을 헐떡이기까지 하며 달려든다
나도 누군가를 또는 무언가를
저리 좋아 죽을 때가 있었던가
난 이제 별것을 보아도 저 강아지만큼 좋아하지 않는다
그 존재에 대해 의심도 하고
그것이 내게 이득이 되는지 따져 본다
난 머릿속에서 천 가지 생각을 하며
만 가지 걱정 속에 산다
강아지처럼 내 창가에 온 따스한 햇볕처럼
내게 온 곧 사라질 존재들을
열렬히 사랑해야 하지 않을까
그것들이 사라져 없어질지라도
그것들의 눈물이 지저분하게 땅을 적실지라도

논바닥을 바라보며

논에서 크는 벼들의 가지런한 자람을 보며
매번 부러움을 느낀다
농부가 거름 주고 가꾸는 만큼
고르게 자라는 것을 당연하게 여겼지만
논 어느 곳이나 특혜와 월권은 없다
햇볕을 받아 가지런히 일렁이는 논을 바라보며
이것보다 더 공정한 사회는 없다고 생각한다
교과서에서 배운 민주주의는 완벽한 것으로 알았다
이상적으로 견제와 조화가 이루어지는 줄 알았다
권력자는 국민에게 위임받은 권한을 공정하게 행사하여
약자를 보호하는 줄 알았다
전혀 아니었다 누가 말했던가
선출된 이들은 투표한 이들의 수준을 넘지 못한다고
어리석은 이들은 자기보다 더 저질의 후보자에게 지배당
한다
다수의 폭력적 욕망이 자제하지 못하는 권력자의 횡포를
반기는 것 같다
한국인은 조져야 한다는 망국적 언사를 공공연하게 한다
이야말로 폭력적이고 인간성을 무시하는 말이다

그보다 더한 것은 권력을 가진 강자를 추종하는 이들이
많다는 것
　그래서 민주주의는 교과서보다 아주 취약한 시스템이다
　난 독재 시절을 미화하는 이들의 잔인한 밭에서 자라는
일부만이 배부른 나라
　일부만이 자유로운 나라의 끔찍한 얼굴을 본다

철새의 눈물

몇 날 며칠 쉬지 않고
캄캄한 바다 위를 날아야 합니다
힘이 빠져 날갯짓을 멈추면
바로 차가운 바닷속으로 사라집니다
힘이 다하여 차가운 물 속으로 떨어져
고기밥이 되기도 합니다
어느 순간에 다행히 항해하는 배를 만나면
간신히 내려와 목숨을 부지합니다
소인배 정치인을 우리에게 빗대지 마세요
하루하루 캄캄한 바다를
운명처럼 비행해 고향에 갑니다
우리의 전 생애를 열렬히 사랑해 주세요

우린 세상에서 가장 위험한 비행 중입니다

논은 행복합니다

질척한 논바닥에 거름과
물만 있는 것이 아니다
헤아릴 수 없는 미생물들이
논바닥처럼 균형을 이루며 살고 있다
벼 이삭은 그들의 합작품이다
미꾸리와 개구리 물땅땅이 우렁이가 부지런히 움직이고
왜가리가 춤을 추듯 먹이를 응시하는 늦여름
먼 산위에 구름이 지나고
아침 이슬이 보석처럼 빛나는 한로가 온다
엄청난 합창이 매일 울린다
생명이란 혼자 사는 것이 아니다
오늘 아침 나도 한 포기 벼로 서 있다

늙어 가기

같이 늙어간다는 것은
아주 감사한 일이다
늙어갈수록
둘이 오누이처럼 닮은 부부를 자주 보게 된다
늙는 모습을 확인하면서
위로하고 사는 것도 괜찮은 것 같다
세상에서 가장 공평한 것은
누구든지 언젠가는 모두 죽는다

다시 태어난다면

젊을 때는 돈을 많이 벌 수 있거나
높은 자리에 오르는 일을 하고 싶었다
다시 태어난다면 가수를 해보고 싶다
가난하더라도 인기가 없더라도
아프거나 외로운 사람들의 가슴을
울려주는 노래를 부르고 싶다
슬픔은 슬픔으로 가쁨은 기쁨으로 쓰다듬는 노래
이 어려운 시를 쓰는 일보다는
해독하기 어려운 글을 쓰기보다는
수심에 가득한 이를
다시 일어서게 하는 일을 하고 싶다

돌의 얼굴 부처의 마음

망치질 여러 천 번에 손가락 열 개
눈을 반쯤 뜨기 위해서는 몇 번인지 헤아리기 어렵다
날이 가고 달이 간 뒤에 드디어 입술 모양이 편안해졌다
마당 한쪽에 돌덩이들과 만들다 만 부처가 여럿 계시다
이 중에는 서산 마애불 부처 형상도 와 계시다
저 미소가 속세에선 그리 보기가 힘들었던가
가쁜 숨 몰아쉬며 산에 올라 뵙기를 청하던 바로 그 부처다
그 부처를 모시러 밤낮없이 망치질이다
크고 작은 맘속의 아픔들이 떨어져 나간다
부처는 아픔에서 나오는가 보다

부처와 마주하는 고석산 석장石匠
충청남도 무형문화재 48호다
초등학교 마친 후 망치질로 칠십이 넘었다
반안半眼의 부처는 한 번의 잘못된 망치질도 허락하지 않는다
돌에는 눈이 없지만 석장에게는 돌을 꿰뚫는 눈이 있다
여긴 옛 백제의 땅 웅천
석가탑도 백제의 석수장이들이 천릿길을 가서 만들었다
1,300여 년 전 성주사지 국보 8호 낭혜화상백월보광탑비
이 땅에서만 나는 단단한 돌 천년을 넘기는 오석이다

부처는 괴로움 속에서 찾는다
어디에 있는 부처이든지 손끝에 모시는 석수장이는
수염도 머리카락도 등허리도 햇볕에 바랜다
그가 바래질수록 망치질은 꽃잎을 부른다
오늘 아침 찬란한 봄날 마당에 꽃잎이 날아 들어온다
망치질에 꽃잎이 깨져 부처의 입술에 혈색이 돈다

먼 별에게

오랜 더위에 지친 오늘 밤
먼 별빛이 풀벌레 소리를 타고 옵니다
나에겐 항상 변함없는 희망의 빛으로
꺼지지 않는 등불로 빛나고 있습니다.
아주아주 먼 옛날부터
나를 낳은 앳된 어머니를 지켜봤겠지요,
아니, 아니 그야말로 아득히 먼
인류의 조상부터 지켜보았을 별입니다
그런데도 아무 말 없습니다
그냥 반짝이는 눈으로
지상의 시선을 받아주었지요
영원의 표상으로
슬픔의 안식처로
불면의 오늘 밤은 나의 가슴속에서
내일은 당신의 허전한 가슴 속으로
달려갈 겁니다

백지 수표

새 달력을 받아왔다
어스름 저녁에 눈이 내린다
움추린 어깨 위
세월의 무게로 소리없이 눈이 내린다
내게 무한의 백지 수표를 내려준
그분은 어떤 마음이었을까
네 맘대로 해라
거기다가 누런 땅덩이를 넣든지
휘황찬란한 금덩이를 넣든지
먼 하늘의 별이라도 넣든지
책임이 따르는 자유는 얼마나 무서운 것인가

바람이여
- 내 어머니와 손녀

이 바람은 어디에서 불어왔는지 모릅니다
어린 새순을 쓰다듬기도 하고
비바람이 되어 험하게 지나기도 했죠
눈이 내리고 마른 풀들이
서로를 부딪고 위로를 나눕니다
이제는 쭈그렁 낙엽이 정처 없이 구르다가 제자리를 잡듯이
어딘가로 바쁜 듯이 길을 떠날 뿐입니다
그녀가 떠난 이튿날은 하얀 눈이 하염없이
대지를 덮었습니다
덮었다 해도 그녀의 외로움과 고단함은 다 덮어지지 않았
습니다
그녀가 어디에서 왔는지 모르는 것처럼
떠나려 하는 것을 알고도
난 아무것도 할 수 있는 것이 없었습니다
가고 오는 것이 아무렇지도 않은 것에 난 슬펐습니다
그날 우리 집에 또 다른 풀씨 두 알이 새로 날아들었습니다
먼저 떠난 풀씨는 쭉정이로 되어 빈 껍질이 되어 떠났고
새로 온 풀씨는 여리고 뭔가 가득한 것이 들어 있었습니다.
하지만 그 풀씨도 언젠가는 여기를 떠나야 한다는 것을
난 알게 되었습니다

많이 반짝이고 자라고 춤을 추겠지만
언제까지나 이 세상에서 노래를 할 수는 없다는 사실 앞에
난 두 손을 모을 뿐입니다

라흐마니노프 피아노 협주곡 2번
- 어느 억울한 자살자를 추모하며

강물은 다리 밑을 흘러갔다
새벽 난간에 젊은 여성의 몸뚱이가 매달려 있었다
홀로 남은 어미가 통곡하고 있었다
세상 사람들의 독한 혀는 그녀들의 심장을 찔렀다
여린 꽃은 피지 못하고 시들었다
새벽 차가운 바람이 작은 몸뚱이를 흔들고 있었다
짧은 생애의 기억들이 있을 곳을 찾지 못해
검불처럼 난간을 넘어 강물로 떨어졌다
혹독한 시간은 가고 안개가 밀려왔다
있을 곳을 찾지 못한 새들은
머물지 못하는 하늘로 날아갔다
고통의 껍질이 점차 두꺼워지는 한 생애
난 비 내리는 강물을 바라본다
남의 고통에 무관심할 때
자신들의 고통의 껍질이 점차 두꺼워지리라
괴롭겠지만 그런 일이 닥치거든 그곳에선 용감하게 싸워라
인간의 양면성을 조금 더 일찍 깨우쳤어야 했다

강물이 그대를 위하여 울면서 흘러갈 때
내 마음도 이름 모를 그대와 함께 흘러간다

5부

아내에게

가을비

가을에는 기다리겠어요
비가 추적추적 내리는 날은
오지 않는 누구라도 기다리겠어요
아름다운 날들은
언제나 내 곁에 있었음을 이제야 알았어요
누군가를 기다린다는 것은 선물인 것을
왜 이제야 알았을까

구름이 걷히고 보니 맑은 하늘이 있고
마당을 쓸고 보니 보석 같은 정적이 거기 있고
누군가를 기다리는 것은
세상 어딘가에서 나를 향해 부르고 있다는 것
요즘의 내가 존재하는 방식은
마당을 쓸고 마루에서 앉아 바라보는 것

해가 지는데

해가 지는 데 아쉬워하는 이는 별로없다
내일 아침이면 똑같은 해가
다시 뜨고 평온한 날이 오기 때문이다
하루하루 아이들은 자란다
잠을 자고 일어나도 컸고
따스한 물에 씻기고
기저귀를 갈아줘도 훌쩍 자란 것 같다

봄날 봉안당에 가서 어머니를 뵙고 오는 길에
진달래가 수북하게 피어
어지럽던 길가가 환하다
어머니의 젊은 날이 나비처럼 날아온다
해가 지는 것은
해가 다시 뜨는 것
잠깐잠깐 눈붙였다 일어나는 것처럼
우리 일생은 왔다 갈 것이다
소풍이 끝나는 날까지 치열하게 사랑하리라
누군가를 사랑하지 않는 것은
아주 큰 죄라는 생각이 든다

오늘 아침

어딘가에서 수변으로 온 아침이
물고기처럼 퍼덕거린다

어제의 것에 더한
바로 지금의 싱싱한 번득임
새로 피는 들꽃의 얼굴이다

오늘은 누구에게나
다시없는 정갈한 천지창조의 선물로
새 생명을 받는 의식이다

오월의 밤

감미로운 입김이 내 누추한 가슴을 안아준다
가끔은 한적한 시골 집 울타리에 장미가 요염한 웃음을
흘린다
부끄러워 남루한 옷깃을 여밀며 걸어간다
청명한 햇빛이 무상으로 내리니 참 다행이다
살아있는 것이 오늘처럼 고마운 적은 없었다
여름 한 철을 녹두따기 바빴던 어머니가 문득
방문을 열고 내다보고 계신다
어머니가 가신지 몇 해가 지났건만
아직도 토방에는 무수한 발자국이 주렁주렁 돔비처럼
매달려 있다
집 앞 울타리에는 밥풀떼기 같은 쥐똥나무 꽃이 수줍은
듯 숨어있다
왜 하필 그 얍삽하고 없는 사람들의 곡식을 먹는 쥐의
똥일까
노루 궁뎅이 버섯은 참 양반이다
정신이 아찔한 쥐똥나무 꽃향기가 힘든 생애를 모두 지운다
비싼 가격표에 입이 떡 벌어지는 샤넬이나 루이비똥 향수도
시궁창의 실지렁이처럼 맥을 못추리라

비상하는 삶의 여행을 하라

오월의 밤은 이 세상의 밤은 아니리라

장항선 웅천역

추수가 끝난 들을 건너
호젓한 산길을 지나는 시오리길
늦가을 빈 들이 하얀 입김을 마신다
옆구리에 낀 책가방이 먼저 숨을 헐떡인다
첫 기차의 손잡이를 잡자마자 정거장이 급히 멀어진다
다섯 시 삼십 분 첫차는 나보다 항상 빨리 왔다
새벽 별빛을 이고 온 누덕누덕 기운 보따리
옷 속까지 파고드는 새우젓 가득한 다라

광천 홍성 온양을 향해 힘들게 기적을 울린다
목도리들 칭칭 동여맨 고개들이
아이들 학비에 쪼들리는 살림살이처럼 기운다
멀리 구겨진 풍경들은 멀어져 가고
꿈속에서는 아직 따스한 이불 속
굴뚝에서 나온 연기가 시나브로 안개와 만난다
식구들의 체온이 그리운 고단한
새벽 장항선 열차

젊은 친구에게

수심이 깊은 물이 더 울림이 크다
깊은 추위를 견딘 봄이 더 아름답다
젊은이여 부디 포기하지 마라
뭐든 세 번 이상 몽땅
털어먹지 않으면 통달하지 못한다
밑바닥까지 갔다 오지 않으면
눈물 젖은 빵을 먹어보지 못했다면
그 바닥을 다 알지 못한 것이고
알지 못한 자가 이루거나 이길 수 없다

여기까지 오는 동안 여기까지 살아오는 동안
기적처럼 우리를 존재케 했던 것이 우연이라 해도
우연의 연속이라 해도 감사 또 감사해야 하리라
주변의 공기 한 방울이라도 내게는 꼭 필요한 것이었으니
앞으로 흘러갈 강물이 많은 젊은 친구여
그대는 나보다는 엄청난 부자다

이 가을에

농부는 밤낮으로 논밭에 나가 살핀다
벼 이삭은 농부의 발소리를 듣고 출렁인다
바라만 보아도 배가 부르고 안심이다
농부나 고기잡이 선장이나 목표는 하나다
자기 말고 딸린 식구들을 먹여 살리려 애쓴다
그들은 안내자요 지도자다
안내자가 없이 가는 길은 막막하고 지친다
옛날부터 지도자는 하늘이나 종교를 앞세우고
함께 가야 할 목적지를 밝혔다
누구보다 밤잠을 줄이고 공부를 해야 했고
무거운 결정에 대한 고뇌가 따랐으며
비난을 받으면서라도 어려운 결정을 내려야 했다
혼자라면 술을 퍼마시거나
향락에 빠져도 그 집안만 망하면 그만이었다
나라는 그리하면 아니 된다
죄 없는 백성 힘겹게 살아가는 중생을
더 어렵게 하면 하늘이 노하리라
내편 네편 편 가르기와 증오 부추기기로 두 동강을 내면
어쩌자는 것인가 난 탄식한다
국정에 대한 철학이 없는 자를 뽑는

어리석은 국민은 엄한 대가를 치르리라
전쟁으로 날밤을 새우는 이 무서운 세상을
슬기롭게 헤쳐나갈 수 있는 현자는 없는 것인가

밭일

이슬을 머금은 저 푸성귀 위로
햇빛이 구슬처럼 영롱하다
난 새로운 세상을 맞아
감사의 기도를 올리고 있다
세상 어디에도 이리 맑은 얼굴은 보기 드물다
진정한 평안과 자유가 펼쳐지는 곳은 어디일까
물과 흙과 천지의 조화가 가득한
오늘 아침 여기가 아닐까
살고 죽는 세상이 모두가 자연스러운 곳
함께 살아 기쁘고 노래 부를 수 있는 곳
자고 나면 근심과 땀방울도 영롱한 이슬이 된다

빗방울

땅에 떨어지기 전까지는 빗방울이었다
캄캄한 땅으로 스며
싹이 되고 잎이 되고 꽃이 되고
푸른 하늘에 걸린 홍시가 되고
코스모스 여린 꽃잎이 된다

무한 천공의 가을 하늘
어린아이의 꿈속에서 엄마가 된다
찬비가 내리는 유리창 밖
한 잔의 차를 놓고 서로를 바라보는
연인의 눈빛이 된다

언젠가 지층 속에 묻힐
우리들의 이야기
견고하지 못한 시간의 탑은 허물어지고
책장은 넘어가 아득한 꿈이 된다

아내에게

찰나의 시간을 함께한
당신에게 감사드립니다
당신이 내게 온 이래
많은 꽃이 피고 비도 내렸습니다
당신이 잠을 자고 있을 때도
강물이 흘러가고 열매도 익었습니다
당신은 아이에게 젖을 먹이고 키웠습니다
아이들은 또 다른 아이들을 길렀습니다
한 송이 별 무리가 여름밤에서 가을까지
풀벌레 소리 가득한 허공에 가득합니다
이제는 당신에게 감사를 전할 뿐
당신이 가는 길을 치열하게 사랑할 뿐
당신이 가는 길에 자잘한 들꽃이 피기를

발자국

울지마라
누구나 혼자 가는 법이다
그가 가는 길이 어디인지
어디에서 왔는지 모르는 것과 같다
혼자 간다고 울지마라
고통 속에 피어나는 꽃이 더 야무지다
잠 못 드는 밤에 찾아오는 이는
정신이 아찔한 쥐똥나무 향기다
가야 한다는 것을 아는 이는 시를 쓴다
고통 속에 속울음을 우는 이는
가뭄에 말라가는 나무에 물을 준다
지극한 사랑이
수변의 작은 꽃들에 햇빛을 내리듯이

허무한 민주주의

우리가 배운 민주주의는
바람 앞의 촛불이나 서리 오기 전의 풀꽃이다
자주 넘어지는 어린아이다
조선의 전란에 임금은 도망가고
민초들은 의병을 일으켜 나라를 구했으나
귀환한 왕들은 천민을 비롯한 민초들을 배반하고
의병장은 역적으로 몰아 죽였다
근세의 큰 전쟁의 승전국은 민주주의 체제를 가진 나라였다
독일이나 일본 이탈리아 같은 독재국가들은
그가 가진 내재적 한계로 인해 패전하였다
민주주의가 최상은 정치 체제는 아닐 것이다
많은 허점이 보인다
물론 민주주의는 다수의 의견을 모으는데 힘이 든다
플라톤이나 아리스토텔레스도 다수 민중의 결정보다도
현자가 나라를 이끌어가기를 원했다
어리석은 우중이 잘못된 판단을 하기 쉽다고 보았다
지역감정이나 학연 지연 세대에 얽매이고
오로지 권력과 돈만 좇는 국민들이 위험한 존재다
국민을 대신해서 공적인 일을 하라고 맡겨놓으니
국민을 깔보는 것은 어쩌면 당연하다

정치인의 수준은 그를 뽑은 국민의 수준을 넘지 못한다
수준 낮은 국민은 자기보다 못한 자들에게 지배를 당한다
난 칠십이지만 한국의 자주적 시민이고 싶다

봄비

우리가 살아 있는 동안
저 멀리 밤하늘의 별들이 빛나는 동안
봄비를 기다려야 한다

캄캄하게 막히고 숨쉬기 괴로워도
풀잎 하나 새싹 하나를 위해서
봄비를 불러와야 한다

봄비는 그저 오는 것이 아니다
아마 기다리는 자에게만 오는지도 모른다
오늘은 여섯 살짜리 꼬마의 손에 잠든
작은 온기에 내리리라

6부

웅천강

웅천강가 벚꽃
- 웅천강 38

어제까지만 해도 천국처럼 환한 세상이었다
스산한 바람을 견디며 지친 군상들을 위로했다
허나 곪아있던 속에서부터
미친 비바람이 불어와 꽃잎을 패대기친다
속절없이 연약한 꽃잎이 떨어져 날린다
저렇게 기적같이 아름다운 꽃이
강인한 수피에서 터져 나온 인고의 결정체가
이렇게 하루아침에 떨어진다는 것을
다시금 내 눈앞에 볼 수밖에 없는 것이 아플 뿐이다
나이가 들어갈수록 느끼지만 오래 살려면 둔감해야 한다
아름다운 공화국 대한민국 아름다운 웅천강
아프지 않은 곳에 아름다움이 존재할 수 있는가
진정 오늘 아침은
처연하게 아름다운 꽃잎을 밟아주러 간다
어차피 떨어진 꽃잎을 더는 고생시키지 말자

잔미산
- 웅천강 39

당신이 오기를 오래 기다렸습니다
주체할 수 없는 감동이 일렁이는 곳
산정에서 바라보는 마르지 않는 강물
여기는 마르지 않는 웅천강가 잔미산입니다
어머니 저고리의 브로치 같은
작은 들꽃들이 바람에 흔들립니다
이제 따스한 등불이 그리운
저녁이 오고 있군요
지난 여름의 뜨거움은 기도처럼
사랑의 열매를 남기고 식어가고 있습니다

돌아보면 천지에 가득한 기적이 펼쳐졌습니다
각자의 이름을 불러달라고 손짓하고 있습니다
움직일 줄 모르는 여기 뿌리박은 바위도
이들과 함께 노래 부르고 있습니다
마르지 않는 사랑은 다시 한번
웅천강 기슭 산등성이에 기적을 불러 왔습니다

운봉산
- 웅천강 40

구름이 쉬었다 가는 산
웅천강을 껴안고 앉아 있는 부처상이다
아침에 일어나 눈 비비고 보는 봉우리
새벽 내내 기다렸던 서늘한 아침
찬 이슬이 작은 들꽃들에 내린 아침
아찔하게 진한 체취와 빛깔로 주변이 물들었다
맑은 햇빛을 휘감고 아래로 아래로만 흐르는 강물
구름이 가고 서리가 내리고
아이들이 자라서 떠나간다
뭇 생명이 살아가고
다음을 기약하며 치열하게 사랑하라 웨친다
물가의 들꽃들이 피어서 기러기들을 부르고
여기는 가을 산을 흐르는 웅천강 기슭 운봉산
사랑도 삶도 함께 소리내어 흘러간다

성동리 고인돌

- 웅천강 41

몸뚱이에 새알 같은 자갈들을 박아 치장하고선
일어날 줄 모른다
동네 한가운데 차지하고 누워있는 고인돌
언제 어디서 왔는지 아는 사람은 없다
종일 너른 마당을 차지하고 혼자 누워있다
지금도 아이들 부드러운 발바닥이 자꾸 두드리면
아마 벌떡 일어나고 싶을 것이다

구름 같은 아이들이 그 위에서 놀다가 도회로 떠나 버렸지만
그 보드랍고 따뜻한 아이들의 발바닥을 꿈속에서
아직도 지니고 있을 것이다
아니 노인네들 일하다가 지쳐 그 위에서
막걸리에 취해 나자빠져 자고 있어도 참아줄 것이다
여름내 밭에서 따온 고추 한 바구니나 녹두 콩을
한나절 말리는 그만큼 그는 할 일을 하고 있다

웅천강 은어
- 웅천강 42

비길 데 없이 정淨한
은어의 몸짓을 보고
이리 뛰고 저리 뛴 끝에 잡은
새끼 은어 한 마리
그 날렵한 몸뚱어리를 잡은
내 손이 떨렸다'
놓아 준 물속으로
쏜살같이 달아나는 힘

늙은 감나무
- 웅천강 43

국가하천 웅천강가 성동리에는 늙은 감나무 서 있다
바람 소리가 감나무 깊은 가슴에서
아기 손바닥 같은 잎을 빼내 올 때 쯤
할머니 손에 비벼진 나물무침
이산 저산 고개 들어 맛보러 나온다
우린 남루한 옷차림으로 저녁 땅거미 질 때까지
하루가 긴긴 하루가 즐거웠다
개떡 찌는 솥단지의 김이 마당을 가득 채운다
뭉툭한 늙은 작대기가 마당에 내려질 때
밤새 냇물이 쉼 없이 흐르는 밤
쉴 새 없이 마당에 별이 떨어져
우물 안은 온통 잔칫날이었다
집마다 늙은 감나무 한 그루씩 있었다
배고픈 어린 것들의 배를 채웠다
이빨 없는 늙은이들의 입 안에서 꿀로 흐르던 곶감
이제는 감나무 혼자 마당을 지킨다

눈 온 아침
- 웅천강 44

아무도 침범하지 못한 새벽 마당에
순백의 어린 신부 누워있다
밤새 수많은 별들이 왔다 가고
바람이 울 섶 울타리를 흔들어 댔지만
끝내 눈발 속에 바람을 누이고 댓잎을 숙였다
참새들이 아침 언 공기를
물결 무늬 파동으로 깨우는 울타리 안쪽
세상은 백색의 순결에 덮여 있고 하늘만 있는 아침
견고한 침묵을 깨기에는 너무 빛나는 아침이다

아침의 햇살이 눈 위에 떨어지기 전에
누워있는 순백의 신부는 어린 것의 세례를 받는다
세상은 앞으로만 나아가고
염려처럼 소년은 늙어 갈 것이지만
그가 밟고 다닌 깊이만큼 도랑들은 자라날 것이다
인내와 고통의 돌무더기들이 막아설 것이지만
세상은 그대가 열어가는 것이다

술잔
- 웅천강 45

가을에는 물가에 가봐야 합니다
새벽 물안개 피어오르는 수변에서
밤새 참았던 그리움들을 꿈처럼 보내야겠습니다
꽃눈 터지는 부푼 꿈들이 떠나는 것을 지켜봐야 했고
튼튼한 뿌리를 땅에 뻗으며 깊이 하늘을 움켜잡았던 날들도
모두 추억이 되어버린 오늘 아침
오리들은 벌써 물갈퀴질 바쁩니다
익어가는 것은 새로운 세상살이
서로 열매와 향기를 나누며 성숙의 술잔에 취해 있습니다
바람이 들을 건너 작은 들꽃들을 흔들어
서로의 영역을 허물어 버립니다
삶의 엄숙함 생명의 소중함을 맑은 하늘에 걸어두려 합니다
떠나는 자도 남아있는 자도
모두가 땀 흘려 거둔 이 들판에
가득한 풍요와 쇠락의 기운
생멸의 지나감 앞에 고개를 숙입니다

격렬히 사랑하지 않으면 후회할 것입니다
눈을 뜨는 아침마다 걸어가는 들이나 지나는 물가에서
꽃이 피고 지며 열매가 익어갑니다

엄숙하고 경이로운 이 땅을 걷는 이는
모두 현자의 발걸음으로 걷고 있습니다

꽃이 피기까지
- 웅천강 46

가슴을 뛰게 하는 꽃은 언제나 있었다
눈 속에서 꽃눈이 자리 잡을 때는
아무도 눈여겨보지 않았을 뿐이다

눈부시게 아름다운 날은 항상 있었다
다만 눈여겨보지 않았을 뿐이다
세상에 다시없는 아름다움은
어디에나 있다.

가슴을 울리는 사랑스러운 이는
아주 가까이 있다
떨어질 때를 기다리는
낙엽같은 너도 그렇다

아름다운 날
- 웅천강 47

가을빛이 깊다
적막을 켜켜이 쌓은 하늘에
오리 떼 날려 그림을 그린다
잠자리 날던 빈 도화지에
선비의 차림으로 구름이 온다
냇물들은 젊음을 뽐내며 흘러가
깊은 지혜의 항아리가 되었다
기슭의 높은 봉우리에는
우리들의 염원이 서린다

흘러 흘러 맑은 물이 고여
많은 생명을 적신다
어느 것 하나 향기를 뿜지 않는 것 없고
곱지 않은 자태 없다
고난을 견디며 지조를 지키는 정갈한 마당
하늘과 땅 빈틈없이 들어찬 웅천강 가을 빛

초록에게
- 웅천강 48

초록 앞에서 경배한다
뻣뻣한 허리를 굽히며 두 손을 모은다
살아 있음이 이리 귀하여 다시 확인한다

색색의 부드러운 몸짓들에게
진심으로 사죄한다 되지도 않는 고집을 부렸음을
하루하루 성장과 성찰을 멈추지 않는 끈기와 생명력에
함부로 살아 온 지난 날을 반성한다
단 일회만 주어진 그 귀한 시간을
쓸데없는 번민으로 허비해 버린 어리석음에 가슴을 친다
겨울을 이겨낸 인고의 흔적을 뼈 속 깊이 숨기고
해마다 잠긴 눈을 뜨고 우울과 심연에서 헤쳐 나오라고
꽃등불을 켜 마음에 불을 지폈다
모든 게 부질없다고 쉽게 절망했던 건방짐을 누른다
다함없는 생명은 끝이 없다고
절망과 나태의 캄캄한 어둠 속에 서 있어도
하루하루 경이의 문을 준비하는
초록에게서 어찌 눈을 뗄 수 있으리.

<해설>

산문적 진술과 시적 함축 사이, 경이와 감사의 삶

윤성희(문학평론가)

산문적 진술과 시적 함축 사이,
경이와 감사의 삶

윤성희(문학평론가)

1.

신동근 시인의 이번 시집『새벽에 오는 비』를 읽으면서 나는 십수 년 전 그와의 남도 여행을 떠올렸다. 동행하는 차 안에서 시인은 꽤 긴 시간 동안 '초신성'이니 '코스모스'니 하는, 나에게는 도무지 생경한 지구과학적 식견들을 펼쳐 보였다. 원소기호를 기억하는 시인, 양자역학과 상대성 원리를 운운하는 시인이 낯설었지만 그의 지적 호기심에 경의를 품지 않을 수 없었다. 시인이 두 번째 시집『웅천강 2』를 펴내게 되었을 때 시집 끄트머리에 변변찮은 사족을 붙이느라 시편들을 꼼꼼히 읽으면서 알게 되었다. 그것은 단순한 지적 호기심이 아니라 시적 사유의 지층에 대한 시그니처였음을. 시인은 그 지층을 절개하여『웅천강 2』의 여러 시편들에 우주적 상상력을 흘려 넣었던 것이다.

이번 시집에서도 시인의 머릿속을 휘젓고 있는 테마의 중심이 조금도 변하지 않고 있음을 확인하게 된다. 특히 3부를 이루는 시편들에서는 그가 얼마나 자연과학적 세계관에 압도되어 있는지를 단적으로 드러내 보이고 있다. 시의 제목에서조차 「루시와 셀람」, 「안트로피」, 「지구과학」, 「주기율표」, 「초신성」, 「코스모스」, 「양자역학」 같은 비시적非詩的인 명명을 굳이 숨기려 들지 않는다. 이런 제목과 함께 문장은 더욱 설명적이어서 독자로서는 여간 당혹스러운 게 아니다. 가령 "지구는 무서운 속도로 자전과 공전을 하고 있지만/인간은 느끼지 못한다/태양도 자전과 공전을 하면서 은하의 주위를 돈다/우리 은하 한 바퀴를 2억 5천만 년 동안 걸리면서 공전하고 있다"(「지구과학」) 같은 사실 진술은 기본적인 시 문법의 배반이라 할 수 있을 정도다. 사실 우리는 과학 자체를 시의 외연으로조차 받아들이기를 불편해 하는 처지이지 않던가. 일반적인 의미에서의 시와 과학의 거리는 멀어도 아주 멀리 있다고 생각하는 것이다.

키츠는 아이작 뉴턴이 무지개를 프리즘으로 분해함으로써 무지개를 둘러싼 모든 시정詩情을 말살했다고 분노했다. 과학의 언어는 그렇게 대상을 쪼개고 다시 붙이고 이치를 따져 증명하는 데 바쳐진다. 과학의 이상은 시정이 깃들 조그만 틈새마저 정밀의 논리로 봉인해 버리곤 한다. 시는 과학의 요지부동 앞에서 더 이상 숨 쉬고 꿈꿀 수 없게 된다. 키츠가 그런 이유로 분노했다면 우리의 시인들도 그래야 마땅할 것이다. 그런데 어쩌자고 신동근은 고대사의 지층에서 간신히 빠져나온 '루시와 셀람'을 불러내고 "태양보다 열 배 이상 더 큰 별이 죽"는 초신성 폭발에 마음을 뺏기고 있는가. 루시와 셀람이야말로 진화론과 과학적 사고의 전형적 상징이 아니던가. 차갑고 무뚝뚝한 과학이란 사내와 온화하고 섬세한 시의 여인이 어떻게 한 이불을 덮고 다정해질 수 있을까.

신동근의 시를 읽는 일은 그런 이질적 동거에 대한 의아함을 품는 데서 출발한다.

신동근의 시가 상당 부분 설명적 진술에 기대고 있는 것은 사실이지만 그의 우주론적 사유가 생명 존재론적 지점으로 수렴된다는 점에도 주목할 필요가 있겠다. 단순히 우주와 과학에 대한 호기심을 드러내는 것이 아니라 몸-생명의 발생과 소멸에 궁극적인 관심이 가 있는 것이다. 건조한 과학 개념 속에 생명의 생성과 소멸이 순환하는 이치를 담고 있는 다음 시가 전형적인 사례를 제공한다.

별 하나의 폭발이
은하 전체의 밝기보다 더 밝다
태양보다 열 배 이상 더 큰 별이 죽으면서 폭발한다
짧고 강렬한 폭발
우주를 뒤흔드는 사건
태양이 수소 핵융합으로 헬륨을 만든다면
엄청난 고온과 고압의 초신성 내부에서는
우리 몸을 구성하는 더 복잡한 원소가 탄생한다
별의 죽음에서 우리 몸의 재료가 탄생하는 것이다
죽음과 탄생은 둘이 아니다
죽어야 사는 것이 우주의 이치다
우주가 자신을 불태워 인간을 만든 기막힌 사건
오늘 밤도 아주 먼먼 어떤 별이
우리가 모르는 새로운 생명을 만들고 있으리라
- 「초신성」 전문

요약하자면 이런 것이다. 초신성은 "별이 죽으면서 폭발"하는 화려한 몸부림이다. 그 죽음이 빚어내는 폭발의 순간에 수많은 원소들이 쏟아져 내린다. 우리의 몸은 원소로 구성되어 있다. 그러니 별이 죽지 않으면 우리 몸도 생성될 일이 없을 것이다. 새로운 생명은 별이 죽어가는 우주적 사건 안에서만 탄생하게 되는 셈이다. 따라서 "죽음과 탄생은 둘이 아니다/죽어야 사는 것이 우주의 이치"라는 생명 존재의 원리가 거기 마련되는 것이다. 그러고 보면 우주 안에서는 지금도 끊임없이 죽음이 일어나고 있을 것이다. 죽음이 일어나고 있으므로 꾸준히 생명을 퍼트리고 있을 것임에 틀림없다. 한때 멀리멀리서 빛나던 별들이 생명의 무덤이자 자궁이라니 놀랍지 아니한가. 저 별이 품고 있던 온갖 함축이 풀려서 우리 몸의 뼈와 살을 이루고, 저 별이 만들어낸 가느다란 빛이 흘러들어 세상의 노래가 되고 탄식이 된다니 경이롭지 아니한가. 그리고 언젠가 우리의 뼈와 살이 무기력하게 흩어질 때, 존재의 집에서 홀연히 빠져나온 우리의 영혼이 우주 바다를 헤엄칠 때, 우리 몸을 이루던 원소들은 다시 우주의 자궁으로 흘러들어 "우리가 모르는 새로운 생명을 만들고 있"을 것이다. 초신성은 별의 생애 최후에 벌이는 "우주를 뒤흔드는 사건"이지만 그것은 이제 '사건'이 아니라 몸이 살아가는 '일상'이 된다. 그리고 다시 우리 몸과 생명은 우주와 연결되어 있으므로 몸의 일상은 우주의 사건이 된다. 끝은 시작이 되고 시작은 끝이 되는 것이다. 그리고 이거대한 순환은 "오늘 밤도" 계속되고 있을 것이다.

2.

시인의 우주론적 사유는 계속해서 생명에 대한 관심, 존재의 시작과 끝에 대한 상상으로 이어진다. 순환의 원리 안에서 시작과 끝이 다른 것이 아니라면 삶과 죽음 또한 둘로 나뉘어서는 아니 되는 것이다. 그 세계관으로 보면, "있음과 없음이 둘이 아니며"(「구라마습의 여정」), "헤어지는 것도 만남과 다를 것이 없"(「이별하기 좋은 날」)다. 아포리즘과 설명적 진술의 경계를 오가는 이러한 인식은 "물질은 에너지이며 에너지는 곧 물질이다"(「삼장법사의 눈물」)라는 과학의 영토에 이르다가 "E=Mc2" 같은 물리 공식을 불러오기까지 한다. 그리고 마침내는 '색이 곧 공이고, 공이 바로 색'이라는 "고대의 지혜와 현대의 과학이 일치하는 경이로움에/나는 몸을 떨며 산 아래를 보며 숨을 쉰다"(「지구과학」). 존재의 경이와 신비에 가슴을 맡긴 시인은 이제 "우주의 엄청난 진실 앞에/난 한 마리의 날파리같이 떨고 있다"(「색즉시공 공즉시색」)는 진술로 지혜의 발견에 이른 시적 감동을 표백하게 되는 것이다.

시작과 끝, 있음과 없음을 동일한 궤적 안의 움직임으로 경험한 시인의 사유는 필연적으로 불교적 사유에 도달할 수밖에 없었을 테다. 이때 '고대의 지혜'와 과학적 진실을 마주쳐 공명하게 하는 매개의 핵심에 '구라마습'이 있는 것으로 보인다. 앞서 과학에 관한 설명적 진술이 장황하게 펼쳐졌던 것처럼 구라마습에 관한 일련의 시편들도 비시적 표현들로 채워져 있다. 「구마라습」, 「구마라습의 여정」, 「삼장법사의 눈물」 들을 통해 보여주는바, 구마라습은 오아시스의 땅 쿠차로부터 실크로드를 따라 중국에 끌려간 1600여 년 전의 현자다. 그가 파란만장과 신산과 굴욕으로 가득한 삶을 살았다는 것과 중생을 끔찍이 사랑했다는 서사적 생애보다 시인이 중요하게 여기는 것은 구마라습이 압축한 '색즉시공, 공즉시색'의 진리에 있다. 그에 따라 "은하수가 길게 여름밤을 가로지"르는 것과 "어느 순간 잠자리가 나타났다 사라"지는(『삼장법사의 눈물』) 것은 만유의 변전이 상호 영향권 안에서 일어나는 동일한 현상이 된다. "단풍이 혼자 곱게 물든 건 아니다"(『십일월』) 같은 아포리즘 역시 인연 따라 결과된 우주적 호응을 짚어낸 표현이라 하겠다.

가끔 들고양이들이 살금살금 왔다 가는
풀이 제멋대로 자리를 차지한 옛집 마당 한 귀퉁이
플라스틱 물 함박이 늘 하늘을 바라보고 있다
어느덧 거기 자빠져 일어날 줄 몰랐다
나 몰래 빗방울도 내리고 은하수 별들이 쏟아져 내렸다
언제부턴가 누군가 들어와 살기 시작했다
첨엔 개구리밥이 어디서 왔는지 하나둘 새끼를 치더니
꼬물꼬물 잽싸게 꼬리를 치는 녀석들도 왔다
소금쟁이 올챙이 장구벌레 물땡땡이
많은 식구가 북적이는 아흔아홉 칸 집이 되었다
가끔 흙 묻은 손을 씻었을 뿐 난 아무것도 한 게 없다
별이 뜨는 밤에 그것들이 와서
가뭄으로 불타는 마당 가에 수변 천국을 세웠다
누구의 뜻대로인지는 모르지만
살고자 하는 이들의 세상대로 가고 있음을 본다
- 「물그릇에 우주가」 전문

만물이 서로 호응한다는 생각에 이르면 '물그릇에 우주가' 들어

와 "수변 천국을 세웠다"는 발상 역시 우주론과 인과론의 범주에서 벗어나지 않는다. 모든 생명은 "살고자 하는 이들의 세상대로 가"는 것이어서 "난 아무것도 한 게 없다"고 짐짓 자신의 불관여를 주장하지만 사실은 나와 우주가 호응하여 생명의 바다를 펼쳐 놓은 것이다. "옛집 마당 한 귀퉁이/플라스틱 물 함박"을 놓은 것도 나일 테고 거기 고인 물에 "가끔 흙 묻은 손을 씻"은 것도 나일 테다. 함박에 비가 내려 물이 고이고 개구리밥 씨앗 하나가 흙 묻은 내 손을 만나 거기 표착漂着한 것도 우연이 아닐 테다. 그게 인연이라는 것이다. 눈에 보이지 않는 경험 에너지가 내 안에 축적되어 '인因'을 생성한다. 함지박을 가져다 놓고 비가 와 물이 채워지고 풀씨가 날아와 싹이 나는 외적 조건이 '연緣'을 만든다. '인'이 '연'을 얻어 만물이 생성되고 생명이 탄생한다. '인'과 '연'의 결합이 해소되면 생명은 '공'이 되어 다음 결합을 기다린다. 그러니 물 함박에 은하수가 쏟아져 내리고 "소금쟁이 올챙이 장구벌레 물땅땅이"가 "북적이는 아흔아홉 칸 집"이 된 것도 인연을 따른 우주운행의 이치에 맞닿아 있다고 할밖에 없을 테다. 이 작은 함지박 속 생명 하나가 전 우주의 존재, 색즉시공 공즉시색의 이치를 증명하고 있는 셈이다.

3.

놀라운 일 아닌가. 시인이 이 시집 여기저기서 '떨림'을 고백하는 이유가 바로 이런 생명의 우주적 호응에 대한 신비와 경이의 표현 아니던가. "작은 것이 우주로 통하는 밤"의 비밀을 알기에 작은 쥐똥나무꽃의 내밀한 향기에도 시인은 "떨고 있"을(「쥐똥나무꽃」)

수밖에 없을 테다. 「지구과학」, 「색즉시공 공즉시색」에서 보여준 것처럼 경이감을 '떨림'이라는 신체적 반응으로 표현하는 방식은 때로 '눈물'로 변주되어 나타나기도 한다. 「십일월」에서 "눈물겨운 풀꽃들"이라고 호명하거나 「소리의 익음」에서 "온갖 것들의 아름다움은 눈물겹다"고 말할 때, 「루시와 셀람」에서 "비밀을/무상으로 알아간다는 사실에 눈물이 난다"고 쓸 때, 시인의 시적 감동은 그렇게 신체화된다. 그리고 신체의 움직임을 동원하여 경이와 감동에 대한 감정의 밀도를 더 적극적으로 나타내기도 한다.

> 초록 앞에서 경배한다
> 뻣뻣한 허리를 굽히며 두 손을 모은다
> 살아 있음이 이리 귀하여 다시 확인한다
>
> 색색의 부드러운 몸짓들에게
> 진심으로 사죄한다 되지도 않는 고집을 부렸음을
> 하루하루 성장과 성찰을 멈추지 않는 끈기와 생명력에
> 함부로 살아온 지난날을 반성한다
> 단 일회만 주어진 그 귀한 시간을
> 쓸데없는 번민으로 허비해 버린 어리석음에 가슴을 친다
> 겨울을 이겨낸 인고의 흔적을 뼛속 깊이 숨기고
> 해마다 잠긴 눈을 뜨고 우울과 심연에서 헤쳐 나오라고
> 꽃등불을 켜 마음에 불을 지폈다
> 모든 게 부질없다고 쉽게 절망했던 건방짐을 누른다
> 다함 없는 생명은 끝이 없다고
> 절망과 나태의 캄캄한 어둠 속에 서 있어도
> 하루하루 경이의 문을 준비하는

초록에게서 어찌 눈을 뗄 수 있으리.

- 「초록에게 - 웅천강 48」 전문

우주의 이치, 생명의 경이를 체득한 자에게 인간은 우주의 중심이 아니다. 인간이란 순환하는 우주의 일부, 아주 작은 조각, 아니면 흙먼지에 불과하다. 미미한 존재로서의 시인은 위대한 생명의 신비 앞에 몸을 굽혀 공손한 자세를 취한다. "뻣뻣한 허리를 굽히며 두 손을 모"아 "초록 앞에서 경배"하는 것이다. 경배는 절하는 것이므로 경배의 자세는 낮아질 수밖에 없다. 경배의 대상과 경배하는 주체의 높낮이를 확실히 드러내는 것이다. 우물에 비친 자신을 볼 때처럼 시인도 자신을 아래로 내려야 한다. 그러자면 '뻣뻣한' 교만을 지우고 경배하는 자신의 마음을 부드럽게 닦아야 한다. 생각과 말과 행동이 세세하게 보관된 마음속을 들여다보면서 자신의 보잘것없음을 고백해야 한다. 그리하여 시인은 "되지도 않는 고집을 부렸음을" 사죄하고 "함부로 살아온 지난날을 반성한다". "쓸데없는 번민으로 허비해 버린 어리석음에 가슴을" 치고 "모든 게 부질없다고 쉽게 절망했던 건방짐을 누른다". 이렇게 자신의 허물을 성찰하고 시야가 미치지 못한 의식의 사각지대를 발견하는 사이 시인에게는 지금까지의 삶을 넘어서는 새로운 시선이 열리게 된다. 이 모든 삶의 전부가 바로 기적이라는 깨우침이.

<h1 style="text-align: center;">4.</h1>

이제는 세상에 없는 어머니를 향해
밭고랑에 대고 묻는다

어머니의 그 긴 시절을
고생스럽던 식구들의 먹세를 위한 땀들에 대하여
왜 고맙다 말하지 않았나
천 번 만 번 어머니에게 절해도 모자란 그 수고에 대하여
난 짜증으로 불만으로 어머니를 슬프게 했을까
가슴을 쥐어뜯고 싶다
생명이 생명으로 전해지는 기적 속에서
난 참 바보이고 못난이였다

-「흙에서 산다」 부분

날씨가 추워진 뒤에야 소나무와 잣나무의 푸름을 안다(歲寒然後
知松柏之後凋也). "세상에 없는 어머니", 그 부재를 겪고 나서야 비로
소 "어머니에게도 밭고랑 말고/꿈많은 처녀 시절이 있었음"을 깨
닫게 되었던 거다. 어머니에게 앳된 꿈과 그것의 꺾임이 있던 것
처럼 아들인 시인에게도 아마 "짜증으로 불만으로" 살아야 했던
꿈의 좌절이 있었을 테다. "고희에 들어서 손자를 보고 있을 나이"
에도 "밤낮으로 흙에서" 살다보니 비로소 어머니의 고단했을 생
애가 눈에 밟혔던 것. 그리하여 이 깨달음은 사사롭게는 어머니
에 대한 불효를 자책하고 후회하는 반성문으로 나타나지만 곧이
지지(困而知之)에 의해 "생명이 생명으로 전해지는 기적"의 각성으
로 체현되기도 한다.

오늘 아침
일어나서 당신을 보는 것은
기적 중의 기적입니다.
눈을 뜨고 일어나 걷는 아침은

지구가 자전하는 것만큼이나

내게는 엄청난 사건

당신이 내게 말을 거는 아침은

그 어떤 선물보다 귀합니다

아침 이슬처럼 남기지 못한다 해도

그대 해맑은 웃음

기적처럼 내게 왔음이니

사랑하리라

내게 온 이 모든 것들의 아름다움을

- 「기적」 전문

　시인에게는 이제 그가 인식하는 만유의 행적이 모두 기적으로 체감된다. "아침에 눈을 뜨고 일어나 걷는" 것이 기적이고, "지구가 자전하는 것"이 역시 기적이다. 시인의 사유를 따라가면 내 방 창가에 새 한 마리 날아와 지저귀는 것도 기적이고, 내가 어젯밤에 이울어가는 달을 바라본 것도 기적이다. 삼라와 만상이 기적이고, 천지와 자연이 기적이다. 존재와 생성이 기적이고, 부재와 소멸이 또한 기적이다. 그래서 시인은 "오늘 새벽 잠자리에서 듣는/이 빗소리"(「새벽에 오는 비」)가 기적이라 말하고, "오늘 아침 빗물이 넘쳐 범람하는 강물을 보"(「주기율표」)는 것도 기적이라 깨닫는다. 그리하여 "돌아보면 천지에 가득한 기적이 펼쳐졌"다고 "주체할 수 없는 감동"(「잔미산 - 웅천강 39」)을 굳이 덮어 누르지 않는 것이다. 사실 기적은 하늘을 날거나 물 위를 걷는 것이 아니라 땅 위를 걸어다니는 것이다. 기적이 살아 있음에 대한 자각이 될 때 햇빛도 고마운 것이 되고 달빛도 고마운 것이 된다. 나무도 고맙고 바람도 고맙다. 그러니 기적을 깨달은 시인이 그 기적이 만들어낸 일상의 삶을 사랑하고 "살아 있음에 감사하라"(「살아보기」)는 메시지를 건넬 수 있게 되는 것이다.

　이렇듯 시인은 설명적 진술과 시적 함축 사이를 오가며 우주의 생성과 소멸의 비밀을 엿보며 생명의 순환에 스스로 참여한다. 나는 이 시집을 읽은 첫 독자로서 생명 순환의 경이 앞에 몸을 떨며 그 기적을 겸허와 감사로 받아들이는 시인의 익어가는 노년을 경외의 마음으로 응원하고자 한다.

새벽에 오는 비

신동근 시집

새벽에 오는 비

신동근 시집